JN184188

句集

雪柳

新保冨美子

文學の森

序

本書『雪柳』は、新保冨美子さんの第一句集であり、この上木を心よりお祝い申し上げるものである。

冨美子さんは、平成三年に友人の誘いを受けて殿村菟絲子主宰「万蕾」に入会。のち「万蕾」が解散されて、平成八年に私が創刊主宰として出発した「百磴」に、平成二十五年「栱」創刊に参加。爾来四分の一世紀に近い歳月を海老名句会に在籍、共に歩んで来られた数少ない同志の一人である。

冨美子さんは沢山の趣味をお持ちで、コーラス、フルート、オカリナ、ウクレレ、水彩画、園芸と幅広く楽しんで居られるが、これらの日々の暮しの中で俳句を大切に育んでいる。

本書の構成は、四十四歳で入門した「万蕾」時代の作品を掉尾の章として収めている。

袖先に風抜けていく喪正月
差し水の音まろやかに雛の頃
地を這ふも昼顔の花影もなし
人声を秋山に消す村の葬
こめかみを真の寒さの過ぎゆけり

「門明り」より（「万蕾」）

昭和四十七年、殿村菟絲子が「万象の生命を探り、生活の実感と情感とを素朴に新鮮に表現する」の主張を旗印に「万蕾」を創刊。その指導の厳しさに、弟子達は深く頭を垂れていたが、その後ご高齢ともなられて、冨美子さんが入門した頃はご選を乞うのみであった。

ここに掲げたどの句も瑞々しく、誠実に詠い上げている。第三句目は、菟絲子の「万蕾抄」に抽出されている。下五の「影もなし」の断定は、主張に違わない鋭さを表出している。教えの賜物であろう。

茜さす明日大寒の林かな
鬩ぎ合ふものを遠ざけ寒の山
てにをはを優しく語る朧の夜
新緑に佇てば万事が叶ふかに
伯父逝く
棺を打つ一人ふたりや外は雪
極月の喪服を吊す北座敷　「てにをは」より（「百磴」）

平成九年、年間賞である第一回「百磴賞」を受賞している。その折の「百磴賞推薦の言葉」を抜萃する。

氏の非常に神経の細やかなナイーブな感受性は天与のものであろう。一体に素直で清潔であり、表現も澱みがない。その点に心を引かれた。唯、自然の風景句が非常に少ない。（中略）大自然の恩恵の中に身を置き、作品を生み出すことをお奨めする。

後の三句は受賞作品から抽出した。前二句は、私の望みに恰も呼応したような、骨格の確かな自然詠である。

寒の雨空を残して止んでをり
三分良し五分良しと言ひ梅の園
初蝶来詩集の帯を解くやうに
大向日葵九天の空を泳ぎたり
老いとゐて二百十日の路地静か

母・八十九歳

母逝くや夕日すとんと落つる秋
咳の子の顔より大き絵本かな

「音色」より（「百磴」）

冨美子さんは、ご自分のご両親、ご主人様のご両親を介護され、逝去を見守られたという。お子様に恵まれなかったこともあってか、より情愛深く孝養を尽くされている。

叙法は、一段の工夫と深みが増している。一句目の視点の転換、二句目の俳諧味、四句目の言葉の選択のよろしさと領域は広がりを見せている。肉親との永別も平明に詠みながら、悲しみが惻々と読む者に伝わってくる。

揚雲雀父の畑土良く肥えて
雪柳期待はいつも軽やかに
我が畑に八十八夜の雨確か

奥会津

残雪の一痕にある静寂かな
ダムの日の裏側までも栃咲けり
トンネルを抜け雪渓に顔削がる
ポンと抜く夕日の畑のラムネ玉
単線の枯野夕日を吸ひつくす
思ひ出はおほかた冬木の向かう側

「静寂」より（『百磴』）

お舅様は、高齢になられても畑仕事に毎朝出掛けられていて、冨美子さんは常に一緒に手助けをしたと聴く。亡くなられた後を引き継ぎ、精出して楽しそうである。「畑」の句を抽出してみる。句は、自身の体を徹しての実在の軽やかさとなっている。

旅吟も多数見られる。奥会津は「百磴」勉強会で訪れた地である。豪雪地帯の春の初めの風物に同行の誰もが昂揚したものであった。

四、五、六句の具象は、確かで力が籠もり揺るぎがない。二句目の「雪柳」は、冨美子さんの望みで句集名としたものである。身辺が落着き、自身の心情を吐露したものであろう。

初雀庭に朝日を散らしゆく

駅前に昼の月ある三ヶ日

良く矯めて父へ返球日脚伸ぶ

春眠の入口に置く防災具

小満の天体ショーに朝を貸す

踵骨折入院

寝太郎となりて秋の日数へけり

八千草の風に押されて試歩百歩　「星の名」より（「百磴」）

暮しの内に、いつも生来の詩ごころを携えているのだろう。身辺を細やかな目で掬い、詠じ、季語の斡旋のよろしさも光る。

六、七句目、左足踵の複雑骨折によって五十日間の入院を余儀なくされたと聴く。「寝太郎」とは巧みな表現で滑稽さも醸し出しており、新しい境地を見せている。

「百磴」は平成二十五年、橋本榮治代表の同人誌「琉」と合併し、結社名「枻」として再出発した。

寒林を梳きたる星の高さかな

正夢を追つてゐるかや雪しまき

春キャベツ日差しの色に割られたる

尖りたるものの芽なべて柔らかし

春なれや鳥舞ふさまに茜雲

春愁の鏡に映る逆さ文字

蛍火は過去の切れ端置くやうに　「正夢」より（「椣」）

冨美子さんの句は、総じて健気ともいえる優しさに充ちている。二、三、四句目などは対象に向けられる目にいとおしみがある。五句目には、ゆったりと解き放たれた余情をみる。書中には、「やうに」「やうな」の比喩の用法を使った句もみられるが、五句目は、齢を重ねての感慨が根底にある。

これよりの日々は、ご理解のある夫君と多くの趣味に囲まれて健やかに過ごされ、その中の俳句の道が、一本の鋼の芯であることを願いつつ筆を擱かせて戴く。

雨宮きぬよ

平成二十七年　仲秋

句集　雪柳＊目次

装丁　クリエイティブ・コンセプト

句集

雪柳

てにをは

平成八年〜十二年

茜さす明日大寒の林かな

鬩ぎ合ふものを遠ざけ寒の山

玉子割る音もやさしくなりて春

枝先に及ぶ光や梅三分

悼　殿村菟絲子先生

梅の香や美しきまま逝きませり

てにをはを優しく語る朧の夜

鶯や庵主の所作のひと流れ

白木蓮(はくれん)や無縫の空をほしいまま

雨気を帯ぶ一木一草彼岸入り

母とゐて急くことも無き蝶の昼

母の掌に赤子のやうな桜餅

水道の滴りひとつ花の昼

逆光に息とどめたる山桜

一歩退くことの大切花の雨

清明の高み羽搏く朝の鳩

てへてへと笑ふ赤子や桃の下

茶摘女の振り向きざまに陽をこぼす

新緑に佇てば万事が叶ふかに

天展く高さに朴の咲きにけり

一棹に風を掬ひてあやめかな

日本画の雨は線なり梅雨に入る

嘘泣きの子をなだめゐる梅雨の家

紫陽花は香らぬ花よ七回忌

梅雨深しインド音楽十拍子

源流を忘れさせたる梅雨の川

風鈴を何処にも行かぬ母と聞く

噴水のよろこぶ空となりにけり

夏空へくるり上向く象の鼻

手加減を大事に母へうちは風

寝足らひて今日新涼の手足かな

ハーモニカ吹きたくなりて秋はじめ

新涼の靴光らせて街行かむ

粛々と渡る満月一周忌

秋高し絵タイルの靴脱げてをり

竿高く父の衣を干す鵙日和

還暦の夫のこれからカンナ燃ゆ

ふかし芋出されて正座解きにけり

日溜りに影を楽しむ蜻蛉かな

秋風鈴ちょこんと座る母に鳴る

つまべにを小さく咲かせ母老いぬ

立冬の雨止んでゐる家並かな

初冬の膝になじませ衣をたたむ

湯葉掬ふ箸の軽さも小春かな

針山の針を宥むる小春の日

縁談を頼まれてゐる三の酉

粉雪舞ふ小さき駅の小座布団

伯父逝く

棺を打つ一人ふたりや外は雪

極月の喪服を吊す北座敷

空の色沈めてをりぬ冬の川

母とゐて花びらのごと剝くみかん

葬列の落葉こまごま踏みゆけり

新しき世紀へ繋ぐ落葉かな

法要の寺に侍るや枯蟷螂

細やかな息吸つてゐる冬桜

音色

平成十三年〜十六年

小寒の空引き離す夜景の灯

寒の雨空を残して止んでをり

窯の扉の山へ開かる四温晴

母の衣縫ひし幾多の針祭る

春の夢羽二重よりも軽く覚め

黄梅や小さき顔の少女来る

春の風邪郵便局でもらひけり

鶯や朝日が窓を叩きゆく

如月の樹々に天突く力かな

如月の光微塵に石切場

三分良し五分良しと言ひ梅の園

似顔画の決め手は眉よ地虫出づ

指先の風の軽さや土筆摘む

春灯ビゼーの曲符拾ひけり

存分に母看取りたり春の月

初蝶来詩集の帯を解くやうに

半身は草の色なる土筆かな

春光を貪つてゐる離れ岩

總持寺の花の中なる刻太鼓

花埃阿吽の像の足裏まで

高僧の高下駄揃ふ春日影

火袋の苔うつすらと暮の春

母の日の山に静かな夕日落つ

緑風を掬ひ上げたる大甍

薫風を施してゐる古刹かな

長廊を捉まへてゐる新樹光

姫著莪の雨に数増す旧廬かな

夕映えを沈め田水のしんとあり

風鈴のその日その日の音色かな
滴りの解き放たれし巌の色

寧日の実梅落つ音間遠かな

ロボットの指揮を見てゐる薄暑かな

雨音を涼しく聞ける書院かな

大向日葵九天の空を泳ぎたり

新盆の早や静まれる戸口かな

逃げ場無き風の行方や南瓜畑

新涼の上がり框の木の香かな

蜻蛉の軽々吹かる柿田川

朝顔を数へてよりの水仕かな

老いとゐて二百十日の路地静か

道に出て二百十日のかたつむり

水汲みのはるか昔よ蛍草

夜顔を一輪咲かせ早寝かな

母・八十九歳

母逝くや夕日すとんと落つる秋

晩秋の川に呑まるる川の音

待宵の真直ぐに立てる屏風かな

秋暑し影固く踏む歩道橋

白萩やひと世静かに終へし母

一周忌果てにし夜の秋風鈴

川風に馴染みて干さる唐辛子

湯河原　二句

洞門の一歩に走る冷気かな

秋天を大きく掬ふ磯釣師

幌別の夜の家抱く根雪かな

ぽつぽつと生ひたち語る榾の宿

小春日の絵馬を飛び出すめの字かな

纜の食ひ込む海や冬深む

咳の子の顔より大き絵本かな

裸木を温めてゐる茜雲

雪吊りの発止と空を摑むかな

ごつごつと鉛筆削る討入り日

静寂

平成十七年〜二十一年

還暦の真顔をしかと初鏡

ひと尋の鳥居をくぐる四日かな

松明けのコーヒー碗は益子焼

真直ぐなる寒の灯明七七忌

臘梅や身を寄せて剃る父の髯

探梅の炭焼小屋に尽きるかな

梅三分父を支へてゐしことも

梅散るや草紙のページ繰るやうに

佇めば明日の空見ゆ土筆原

蜜売りの旗春風に乗つてをり

匂やかな光携へ芽木の雨

揚雲雀父の畑土良く肥えて

抱き直す小紋風呂敷春時雨

退職の夫と親しむ春の土

水温む淵の何処も濡れてゐて

雪柳期待はいつも軽やかに

手鏡のうしろひんやり桜かな

我が畑に八十八夜の雨確か

山吹にしぶきを返す水車かな

奥会津　五句

残雪の一痕にある静寂かな

谿ちがへ湖の碧さへ時鳥

ダムの日の裏側までも栃咲けり

トンネルを抜け雪渓に顔削がる

老鶯の湖を深むる間合かな

ポンと抜く夕日の畑のラムネ玉

一搔きに水張り戻すあめんぼう

国旗美し青田を前の一軒家

子の声を飛沫に散らし水鉄砲

真夏日の荷を解く紐の固さかな

ファーブルに成り切つてゐる夏休み

青芝に影を転がす母子かな

飛ぶ構へいつも危なげ天道虫

海霧動く天神島の空分けて

新秋の明日へ流るる雲一朶

色変へぬ松大形に能楽堂

北海道　二句

秋の日を浅瀬に拡ぐ甘藻かな

風化せし松百態や秋の声

紙よりも軽き蜻蛉や写生会

花活けて水のさ揺らぐ十三夜

スケッチの椅子の軽さや野菊晴

銀杏を洗つて干して恙無し

秋暁の尾灯忽ち河岸を去る

空いつも約(つま)しくありぬ冬桜

棒立ちて父の余命を聞く寒さ

義父・九十八歳

逝かしめて遠く仰げり木守柿

葬り果てて冬満月を身に被る

冴え冴えと月渡しけり父の畑

冬晴の大本山の作務太鼓

極月の森の深さを訪ねけり

枯葉舞ふ風の強さを見せながら

単線の枯野夕日を吸ひつくす

悉く冬の星呑む甲斐部落

五箇山の冬を深むる水の音

凍星の凜と空刹ぐ力かな

初雪の山々朝日振り分ける

極月の樹影動かぬ野川かな

厳島鳥居を芯の冬落暉

思ひ出はおほかた冬木の向かう側

星の名

平成二十二年～二十四年

初雀庭に朝日を散らしゆく

駅前に昼の月ある三ヶ日

女正月母無き家の灯を点す

良く矯めて父へ返球日脚伸ぶ

星の名の駅に降りたり梅見月

浅春の空を漉き込む夕の月

たつぷりと雨水の畑に土寄せぬ

春寒の箸逃げ易き玉子綴ぢ

蒲公英の此処と決めたる強さかな

少しづつ日の差す路地や鳥の恋

お彼岸の空を平らの晩鴉かな

半分は土の匂ひの蓬籠

金比羅山へ杖音返し桜狩

おほどかに四国三郎花明り

大歩危の瀬波に光る花の屑

清流の岸に鶯声張れり

花見舟ゆるりと鯉を躱しをり

春眠の入口に置く防災具

清明の朝日率ゐる畑仕事

春昼の起点失ふ砂時計

天神へ限り無く踏む落椿

誰も触れぬ天神石の春落葉

小満の天体ショーに朝を貸す

万緑に消えゆく川の蛇行かな

水の郷楮若葉の色生るる

大瑠璃の声に耀ふ沢の水

街並を描くひととき青葉騒

青空を平らに吸うて花藻かな

梅雨入りの桐箱余る真田紐

深梅雨の曇り硝子の厚みかな

千枚田晩夏の波を裾に引き

晩夏光放つ番屋の能登瓦

踵骨折入院

寝太郎となりて秋の日数へけり

八千草の風に押されて試歩百歩

八朔の朝風溜める野良着かな

蜩の谷の深さを鳴きやすむ

白粉花の匂ふ飯場の男声

天窓に白露の朝日透けてをり

爽涼の社に杓を正し置く

晩菊の香を深く吸ふ七回忌

木犀の制してゐたる早雲寺
曼珠沙華開山堂を呼び覚ます

晩秋の百葉箱は森の奥

初冬の山ふところの糀の香

冬の日を背に拡げゆく鎧坂

夕日吸ふ力残れる枯尾花

小雪の灯に返し読む見舞状

試歩の道冬至の影を濃く曳きつ

悼　新倉章子さん

凍星の真下になぜと問うてをり

冴ゆる夜の月の欠けゆく終始かな

正夢

平成二十四年〜二十七年

寒林を梳きたる星の高さかな

代々の畑に正せる寒の畝

正夢を追つてゐるかや雪しまき

春キャベツ日差しの色に割られたる

さざ波は空の色なる木の芽晴
尖りたるものの芽なべて柔らかし

早春の三和土に匂ふ鉋屑

春北風青空市の色飛ばす

春耕の軍手たちまち土香る

海光を湾ごと攫ひ春嵐

春なれや鳥舞ふさまに茜雲

春愁の鏡に映る逆さ文字

花冷えの山を離るる谺かな

さくらさくら川の蛇行を明るうす

春日傘税関前を素通りす

小綬鶏に呼ばれ通しの旅帽子

蘖に九天のひとつ空けてあり

はけの路春子の光拾ひけり

野遊びの声は光の粒散らす
夏近し日照雨去りたる草の色

花は葉に街に夕日の色戻る

地下足袋のすたすたと行く麦の秋

蛍火は過去の切れ端置くやうに

放心のごとく流るる梅雨の川

田も畑も入日に残る半夏かな

炎昼の影大いなるプラタナス

睡蓮の水を抑へて咲く力

秋口の森の木椅子は空に向く

蘆原を先づ嘴が抜けて来し

算盤に少しの埃終戦日

水影を抜け蓮の実の飛びにけり

単線の空の退屈葛匂ふ

松代　二句

木刀を持たせてもらふ野菊晴

ひと太刀の袴捌きの爽気かな

秋暑し縛り地蔵の縄の数

風穴の冷ゆる手摺りに歩を任す

風穴の冷えを集めて光苔

邯鄲を急がぬ旅に聴いてをり

秋晴の広さ見せたる河口湖

暮るるまで香に浸りたき稲架日和

行く秋の湾を離れぬ鳶一羽

青木湖は森を映して冬に入る

初冬の富士全容を拝しけり

小春日の入日絵本を閉づるかに

悼　内田恵さん

冬落暉友を攫つてしまひけり

弟は二歳で逝きぬ七五三

山川の音の素直に冬晴るる

隙間風衣桁は死語となりにけり

門明り

平成元年〜七年

鐘の音の髪に沁み入る初詣

参道の葉裏の光る初詣

袖先に風抜けていく喪正月

たそがれてゆく静けさよ小正月

鉛筆の芯やはらかな春の午後

流木を遊ばせてゐる春の川

差し水の音まろやかに雛の頃

湯のたぎり見過ごしてをり春の午後

喜寿迎ふ母の手にある花衣

花冷えの夕暮れ時は縹色

まばたきを疎しと思ふ落花かな

惜春の雲の行方を追うてをり

新緑を思ひのままにペダル踏む

どこまでも拡がつてゆく植田風

剝き出しの風迫りくる植田かな

残照を土手に集めて蛇苺

義母・七十七歳

くちなしの雨に煙れる通夜の寺

梅雨鳩の地を這ふ声を遠くより

友逝くや昨日のままのかたつむり

地を這ふも昼顔の花影もなし

大賀蓮まだ眠りゐて風ばかり

母逝きてことさら高し蟬しぐれ

浜木綿や風は百里を吹き惑ふ

凌霄や小止みとなりてまた降りて

行く夏の空遠くせる鉄路かな

秋立つと刺子の布巾使ひ初む

秋立つや河原の石のひとつづつ

青空のそこだけ抜けて花カンナ

読み終へて虫の世界に浸りけり

白粉花や誰ともなじむ人とゐて

誰かれに語らん秋の虹見しと

父の忌や彼の日も虫のすだきゐて

穂すすきを活け青空の見えて来し

秋霖や父の読経の語るごと

行間を読む楽しさよ月の夜

葛垂るる川べりは今大き風

人声を秋山に消す村の葬

知らぬ町見て来しのちの秋の虹

夫単身赴任

白粉花や夫帰る日の門明り

秋風や片葉の蘆の一叢に

文鎮のはりついてをり冬机

寒風に気負ひ立つ日々四十代

寒林を黙し行く時空蒼し

こめかみを真の寒さの過ぎゆけり

冬空へ確かな音を父の杖

次の間に闇拡がりて外は雪

あとがき

昨年古希を迎えたのを機に、初句集『雪柳』を上木する事になりました。初学の頃よりご指導下さった故殿村菟絲子師、「百磴」主宰の後「柮」共同代表の雨宮きぬよ先生に感謝申し上げます。雨宮代表にはご多忙の中、選句とご助言をいただき、その上身に余る序文を賜りました。

本句集には、最終章の初期「万蕾」時代の作品を含む三一六句収録しました。根気よくご指導下さった先生や諸先輩のお蔭で、四十代半ばにゼロからスタートした俳句を、今日まで継続することが出来ました。友人にも恵まれ生活全般に大きな力を授かった喜びで一杯です。

何よりも子育ての如く作句する楽しさは言いようも無いものです。十七音に魅せられ人生を豊かに過ごさせていただきました。親の介護を全て終え、吟行に自由に出られる平穏な現在、これからも日記代わりに季節を五感で捉え、謳歌していきたく思います。

句集名は中央句会の席題より〈雪柳期待はいつも軽やかに〉から採りました。出版に際し、改めて初学の頃から温かく見守って下さった諸先生、諸先輩、句友の皆様に心からの感謝を捧げたく存じます。又、何かと協力、応援してくれた夫や、郷里の兄に感謝致します。土に眠る両親達もきっと喜んでくれている筈です。

平成二十七年　秋

新保冨美子

著者略歴

新保冨美子（しんぼ・ふみこ）

昭和19年11月　栃木県大田原市生まれ
平成３年　「万蕾」入会
平成７年　「万蕾」解散
平成８年　雨宮きぬよ主宰「百磴」入会
平成９年　百磴賞受賞、「百磴」同人
平成24年　「百磴」解散
平成25年　雨宮きぬよ共同代表「椎」入会、創刊同人

俳人協会会員

現住所　〒243-0405　神奈川県海老名市国分南2-31-14

句集　雪柳（ゆきやなぎ）

発　行　平成二十七年十一月二十三日
著　者　新保冨美子
発行者　大山基利
発行所　株式会社　文學の森
〒一六九-〇〇七五
東京都新宿区高田馬場二-一-二　田島ビル八階
tel 03-5292-9188　fax 03-5292-9199
e-mail mori@bungak.com
ホームページ　http://www.bungak.com
印刷・製本　潮　貞男

ISBN978-4-86438-483-4　C0092